Conforme à la loi n° 49.956 du 16 juillet 1949 sur les publications destinées à la jeunesse.

ISBN : 2-09-202025-0. N° d'éditeur : 10087422
Dépôt légal : juillet 2001
Imprimé en Italie

T'choupi est trop gourmand

Illustrations de Thierry Courtin
Couleurs de Sophie Courtin

NATHAN

– Maman, j'ai très, très faim. Je peux avoir un gâteau ?

– Bon d’accord,
T’choupi, mais juste un.
Nous mangeons tôt,
ce soir.
– Merci maman.

– Mmm ! Ça sent bon.
Qu'est-que tu fais,
mamie, de la crème ?
Tu m'en donnes un peu.
J'ai très, très faim.

– Alors, juste un petit peu, T’choupi. Il faut garder une petite place pour le dîner. Et nous mangeons tôt ce soir.

– Ils ont l'air bons
ces chocolats, papi.
Je peux en prendre un ?
– Sers-toi, T'choupi.
– Mmm..., merci papi.

– Je veux t'aider, papa.
– Non, non, T'choupi,
ce n'est pas possible.
Mais tu peux regarder.

– Mmm, des bonbons
à la fraise. C’est ceux
que je préfère. Je peux
en prendre, papa ?
– Oui, oui, T’choupi,
tiens.

– À table, T'choupi !
Viens vite, il y a
des frites et du poulet.
Ton plat préféré !

– Mmm, j'adore les frites !
Mais... je n'ai plus faim !

– Ouille, ouille, j’ai mal
au ventre ! Je crois
que j’ai trop mangé.